mia et moi

Le défi du faune

© 2014 Lucky Punch, Rainbow, March Entertainment.
Mia and me : created by Gerhard Hahn

© 2014 Hachette Livre, pour la présente édition.

Novélisation : Katherine Quénot
Conception graphique : Audrey Thierry

Hachette Livre, 43, quai de Grenelle, 75015 Paris.

Le défi du faune

hachette
JEUNESSE

mia

Mia a 12 ans. Depuis qu'elle a perdu ses parents, elle doit vivre dans un pensionnat, à Florence. Mais l'intégration est difficile… surtout avec l'horrible Violetta, la peste de l'école ! Heureusement, elle s'y fait aussi des amis, comme Vincent, un garçon timide mais très intelligent.

À Centopia, Mia devient la plus cool des elfes, et elle adore ça ! Même si elle sait qu'elle a des choses à apprendre, elle découvre vite qu'elle a aussi de nombreux talents, comme celui de communiquer avec les licornes et de gagner facilement la confiance des créatures sauvages.

Phuddle

Phuddle est un faune pas comme les autres ! Il est très mauvais musicien et fait tellement de bêtises que ses semblables l'ont vite mis à l'écart. Même si les faunes ne sont pas censés parler aux elfes, il aime beaucoup discuter avec Mia, qui s'amuse de ses inventions farfelues… et pas toujours au point. Mais le plus important, c'est que Phuddle y croit, lui : il est un grand inventeur !

Lyria

Cette licorne majestueuse s'est immédiatement liée d'amitié avec Mia, qui est la seule elfe à la comprendre. Lorsque celle-ci arrive à Centopia, Lyria est toujours là pour l'accueillir et la conduire où elle le souhaite !

mo

Prince des elfes, Mo rêve
de devenir un grand roi,
comme son père ! D'ailleurs,
c'est un très bon combattant.
Il est toujours prêt à défendre
son peuple et les licornes
de Centopia contre Panthea.
Mo est un inventif : il ne manque
jamais d'idées pour résoudre
les problèmes !

YUKO

Cette elfe intrépide est comme
une sœur pour Mia : elle l'a tout
de suite prise sous son aile !
Yuko est courageuse et
volontaire, c'est une guerrière
qui ne recule devant rien pour
protéger les licornes. Elle est
très liée à Mo... à tel point qu'elle
a parfois du mal à laisser une
autre elfe s'approcher de lui !

le roi et la reine des elfes

Plus jeune, le roi des elfes était un guerrier valeureux. Aujourd'hui, c'est un souverain sage qui sait se montrer ferme quand il le faut. Il ne peut plus voler, mais il fait confiance à son fils Mo pour contrer Panthea et ses Munculus. La reine est une elfe gracieuse, patiente et douce, qui sait épauler le roi. Il écoute toujours ses précieux conseils !

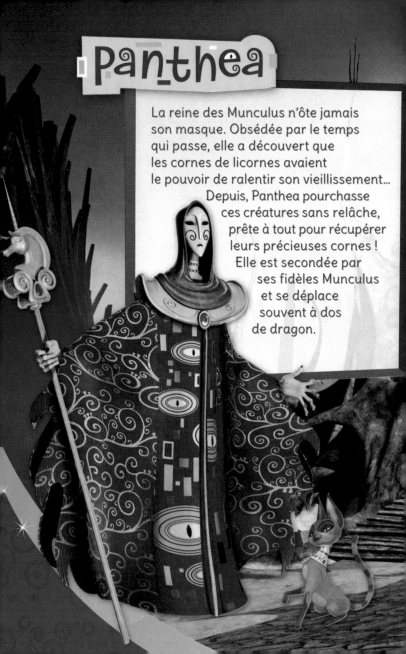

Panthea

La reine des Munculus n'ôte jamais son masque. Obsédée par le temps qui passe, elle a découvert que les cornes de licornes avaient le pouvoir de ralentir son vieillissement... Depuis, Panthea pourchasse ces créatures sans relâche, prête à tout pour récupérer leurs précieuses cornes ! Elle est secondée par ses fidèles Munculus et se déplace souvent à dos de dragon.

Gargona

Gargona est le bras droit de Panthea. Les elfes et les licornes la dégoûtent : elle préfère largement les serpents et les dragons ! C'est une adversaire impitoyable et très rusée. Gargona est totalement soumise à Panthea, même si on ne sait jamais ce qu'elle pense vraiment dans son dos...

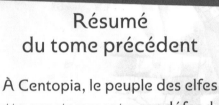

Résumé du tome précédent

À Centopia, le peuple des elfes
lutte constamment pour défendre
les licornes contre la terrible Panthea
et son assistante sans scrupule,
Gargona. Grâce au Tromptusse
de Phuddle, une drôle de trompette
au son épouvantable, Mia aide
ses amis à repousser les Munculus.
Le son du Tromptusse les fait
exploser en un millier de petites
fleurs ! Cette première victoire
suffira-t-elle pour protéger
durablement le royaume ?

1

La cachette

Mia est en train de travailler sur la terrasse qui domine le magnifique parc du pensionnat, quand Vincent la rejoint. Bien qu'ils se connaissent encore très peu, ils ont au moins deux points communs : le camarade de Mia est aussi timide qu'elle… et, comme elle, il est le souffre-douleur de la bande de Violetta.

– Alors, prête pour le contrôle de maths ? lui demande le collégien.

Mia relève la tête en soupirant.

– Jamais je n'arriverai à apprendre tout ça ! Tu sais quelle est la punition quand on sèche un contrôle ?

Vincent hausse les sourcils, surpris.

– Sérieusement ? Tu préfères sécher plutôt que travailler ?

– C'est qu'en fait..., répond Mia, gênée.

Elle s'interrompt pour cacher avec sa main son bracelet magique, qui s'est mis à clignoter. Centopia l'appelle !

À cet instant précis, Violetta et toute sa bande déboulent sur la terrasse. Perchées sur leurs hauts talons, les collégiennes toisent les

12

deux jeunes gens avec un petit sourire
mauvais.

– Vincent, vite ! J'ai besoin d'un coin
tranquille ! chuchote Mia, anxieuse.

Le garçon hoche la tête, puis aide
son amie à rassembler ses affaires.
Tous deux s'éclipsent en vitesse, sous
le regard noir des filles, qui espéraient
s'amuser un peu à leurs dépens.

À la surprise de Mia, Vincent l'entraîne au fond du parc, jusqu'à une vieille maison en pierre, dissimulée par la végétation...

– Dans le temps, explique le garçon, c'était là qu'habitait le jardinier. Tout le monde semble avoir oublié cet endroit. Alors, ajoute-t-il en ouvrant la porte avec un petit sourire en coin, j'ai plus ou moins emménagé...

Mia entre, médusée. Le nouvel occupant des lieux a rassemblé là un vrai bric-à-brac : un vieil ordinateur, un vélo, une guitare, et même son autoportrait, plutôt ressemblant !

– Personne n'est jamais venu ici... avant toi, confie-t-il à Mia. J'espère que tu es flattée !

– C'est comme si je me promenais

dans ton **royaume** secret, acquiesce la jeune **fille en souriant.**

Vincent s'assoit devant son bureau. Lui aussi **aimerait** bien découvrir le royaume **secret de Mia...**

– Je **te vois** souvent regarder ton mystérieux **livre,** commence-t-il avec tact. Et il **ne te quitte** jamais. Ça a l'air très **important** pour toi...

Sans **un mot,** Mia sort l'ouvrage de son sac **d'école** et le pose devant son camarade. **Elle** sent qu'elle peut lui faire **confiance.** Ce garçon a une vie secrète, **comme elle.** Et elle est sûre qu'il est **beaucoup** plus intéressant qu'il ne **le paraît,** derrière sa timidité.

Elle **ouvre** son livre à la page où deux **nouveaux dessins** sont apparus, comme **par magie,** après sa dernière mission à **Centopia.** Des dessins qui

15

la représentent sous sa forme d'elfe !
Ils illustrent les aventures qui lui sont
arrivées pendant cette escapade. Le
premier la montre en train de souffler dans le Tromptusse, un instrument inventé par le faune Phuddle,
qui permet de combattre les Munculus
et leur reine, Panthea, en les faisant
exploser en milliers de fleurs. Le

second la représente sur le dos de Lyria, sa licorne préférée...

Mia regarde Vincent avec un petit sourire amusé. Il ne peut pas la reconnaître car, lorsqu'elle devient une elfe, elle est très différente de la Mia habituelle ! Cependant, elle se garde bien de faire le moindre commentaire. Ce n'est pas encore le moment de révéler à son nouvel ami l'aventure extraordinaire qu'elle vit chaque fois que son bracelet magique clignote...

Mia tourne la page. La suivante est couverte de runes, mais tout à coup elle s'illumine tandis que certains des signes deviennent d'un rouge brillant...

Vincent sursaute.

– Waouh ! Comment ça marche ?

– C'est une longue histoire, répond évasivement Mia.

– Prends un raccourci ! suggère Vincent avec humour.

Mia se contente de sourire. Quand elle les aura traduites, ces runes lui donneront la clef du nouvel oracle, qui lui permettra non seulement de partir pour Centopia, mais aussi de comprendre le sens de sa nouvelle mission.

– Tu peux me passer ce CD ? demande-t-elle soudain à Vincent, après avoir jeté un rapide coup d'œil autour d'elle.

Celui-ci le lui tend sans demander d'explications. Mia s'en empare et le place devant son livre. À l'aide de sa surface réfléchissante, elle commence à décrypter silencieusement les runes qui s'y reflètent en miroir.

– Je ne sais pas ce que tu fabriques, commente Vincent, mais je trouve ça très excitant !

Mia tourne la tête vers lui, embarrassée.

– Vincent, dit-elle, je sais qu'ici, c'est ta maison, mais je vais devoir te demander de... sortir.

– Que je sorte ? se récrie Vincent, stupéfait.

– J'arrive mieux à réfléchir quand je suis seule, improvise Mia.

Le garçon hoche la tête, puis s'en va sans poser de questions. Il sait qu'il passe pour quelqu'un d'étrange, mais cette fille, elle, bat tous les records !

Après avoir vérifié que son ami est vraiment parti, Mia s'assoit de nouveau devant son livre et, à l'aide de son miroir improvisé, elle achève de traduire l'oracle.

Puis elle appuie sur son bracelet, qui s'illumine aussitôt.

19

« Bonjour, Mia. Quel est ton mot de passe ? »

La jeune fille prononce lentement l'étrange message runique.

– « D'un seul, il est devenu plusieurs. Achève ta tâche sans compter les heures. »

À peine a-t-elle prononcé ces mots qu'elle disparaît dans un scintillement de lumière ! Au même instant, au royaume de Centopia, une petite elfe atterrit... un peu sportivement, comme d'habitude !

2

Un nouveau héros

Comme à chaque fois, Mia inspecte avec ravissement sa tenue d'elfe – chevelure rose, robe assortie et ailes transparentes –, qu'elle arbore dès qu'elle pose un pied sur Centopia. Puis elle se redresse tel un ressort. Elle vient d'entendre un cheval souffler par les naseaux avec impatience. Mais ce n'est pas vraiment un cheval…

– Lyria !

Mia rejoint son amie. La jolie licorne à la crinière rose tente d'attraper une pomme dans un arbre. Elle se dresse sur ses postérieurs, le plus haut qu'elle peut, mais le fruit est hors de sa portée !

– Ça fait longtemps que tu essayes de cueillir cette pomme ? lui demande Mia, amusée, en lui tapotant le flanc.

À cet instant, un crépitement retentit derrière elle. Mia se retourne. C'est un feu d'artifice ! Il est tiré au-dessus du Palais des Elfes, près duquel elle a atterri.

– Regarde, Lyria, il y a une fête ! Je ne peux pas rater ça. Tu viens ?

Mais la licorne refuse : elle veut d'abord attraper son fruit. *Quelle persévérance !* se dit la jeune elfe, impressionnée.

– OK ! Je reviendrai te voir quand la fête sera finie, décide-t-elle en s'éloignant, un peu déçue.

Elle rejoint en courant le château, devant lequel tout le peuple coloré des elfes semble en ébullition. Mia

cherche des yeux ses amis, Yuko et Mo.

 Elle ne les voit pas, mais ce n'est pas un problème : il lui suffit de toucher du doigt le papillon qui orne sa bague magique pour qu'il la conduise jusqu'à eux. Celui-ci s'envole aussitôt, mais Mia reste perplexe… Que se passe-t-il ? Il se borne à voleter au-dessus d'elle, sans s'éloigner !

C'est alors qu'un rire éclate à ses oreilles.

– Yuko !

– Tête de linotte ! s'exclame la ravissante petite elfe. J'étais juste derrière toi !

Les deux amies tombent dans les bras l'une de l'autre.

– Quel est donc l'événement que tout le monde fête ? demande Mia après quelques instants.

En guise de réponse, Yuko prend son amie par la main et fend la foule, qui s'est mise à lever les bras en poussant des clameurs. On dirait qu'on attend quelqu'un...

Soudain, Yuko pointe un doigt devant elle.

– Regarde, notre héros arrive !

Mia écarquille les yeux. Le héros, c'est... Phuddle ! Muni de son

Tromptusse, le petit faune est porté en triomphe par trois elfes, qui le déposent au pied du palais, où le roi, la reine et Mo, leur fils, sont debout pour l'accueillir.

– Aujourd'hui, nous célébrons un nouveau héros parmi les elfes, commence le roi dès que Phuddle les a rejoints. Un héros des plus inattendus,

il est vrai. C'est grâce à lui que nous avons enfin, non sans mal, réussi à éconduire la diabolique Panthea et que, prochainement, nous la bannirons de Centopia pour toujours ! Mes très chers et féeriques amis, achève-t-il, je vous présente... le Tromptusse !

Tous les elfes sautent de joie devant Phuddle, qui ne sait pas très bien si c'est lui qu'on applaudit ou son instrument... Pour être honnête, il croyait qu'on allait le nommer elfe à titre honorifique, son rêve secret !

– Merci beaucoup, très cher, murmure le petit faune, un peu déçu.

Quelques minutes plus tard, le roi dépose le Tromptusse de Phuddle

dans un magnifique écrin, à une place d'honneur, dans la salle du trône, sous le regard très fier du faune et de ses amis. Puis il tape dans ses mains en se tournant vers eux.

– Maintenant, prenez-le et allez-vous-en ! Ce n'est pas en restant ici que vous sauverez les licornes !

Tandis que le roi et son épouse regagnent leur trône, Mo s'empare de l'instrument. Aussitôt, Yuko se jette sur lui pour le lui reprendre.

– C'est déjà toi qui l'avais hier ! proteste la petite elfe.

– Je suis le prince, répond son ami d'un ton supérieur, il me revient de droit.

Mo ne lâche pas prise... et Yuko non plus... Chacun tire de son côté et on se demande si le Tromptusse va résister !

De leur trône, les souverains assistent à la scène, un peu étonnés. Heureusement, Mia a une idée !

– Écoutez-moi, dit-elle en saisissant le Tromptusse à son tour. Le nouvel oracle du livre commence ainsi : « D'un seul, il est devenu plusieurs. » C'est clair, non ? Phuddle, il faut que tu fabriques d'autres Tromptusses ! À chaque elfe le sien !

– Ce raisonnement est brillantissime ! la félicite le roi. Phuddle, commence à fabriquer immédiatement d'autres Tromp... tromptu... Enfin, rendons pluriel cet objet unique !

Ces paroles ne semblent pas enthousiasmer le petit faune. À vrai dire, il a même l'air très inquiet...

– Immédiatement ! répète le roi des elfes.

Le faune se redresse tel un ressort.

– Tout de suite ! Au travail ! acquiesce-t-il d'une voix faible en se dépê-chant de partir sur ses petites pattes.

3

L'attaque des Munculus

Au même instant, dans le palais de Panthea, au sommet de la montagne Noire, la reine des Munculus, son chat Ziggo sur les genoux, abat sa colère sur son assistante, Gargona. Celle-ci ne voit pas le visage de sa maîtresse, toujours caché derrière un masque, mais elle l'imagine très bien se tordant de rage.

– Cela fait des jours que tu ne m'as pas rapporté de corne de licorne ! grogne Panthea. Et l'unique responsable de cette impardonnable faute serait une flûte, un trombone, un tuba... ?

– Euh... un Tromptusse, madame... rectifie Gargona en baissant la tête.

Elle déteste cette sorcière, mais elle est bien obligée de lui obéir. Si elle ne lui livre pas régulièrement des cornes de licornes, qui l'empêchent de vieillir, elle devient furieuse.

– ... et il est en train de décimer mon... je veux dire... votre armée, ajoute-t-elle d'un ton sournois.

C'en est trop. Ziggo saute des genoux de sa maîtresse en grondant tandis que Panthea bondit sur ses pieds en brandissant son sceptre magique, orné d'une tête de licorne transpercée.

– Balivernes !

Elle s'approche du feu qui brûle en permanence dans la salle du trône et, à l'aide de son sceptre, attrape quelques braises. Deux secondes plus tard, Gargona est entourée par un cercle incandescent ! Elle sait que si la sorcière la touche avec son arme, elle sera réduite en cendres en quelques instants...

La reine s'avance lentement vers son assistante en la menaçant.

– Ne m'as-tu pas dit que les licornes allaient paître régulièrement non loin de la vallée ? Alors, que fais-tu encore ici, au lieu d'être là-bas pour en capturer ?

Gargona recule. La reine la touche presque de son sceptre.

– Nous ne pouvons pas accéder à cette vallée par les airs, se défend-elle précipitamment. Nous serions repérés par les elfes du palais bien avant de pouvoir atterrir !

– Parce que tu ne sais pas marcher, peut-être ? glapit la reine.

Gargona n'attend pas que Panthea ait fait un pas de plus vers elle.

– J'y cours ! cède-t-elle en tournant les talons.

Tandis que l'assistante de Panthea rassemble l'armée des Munculus, de leur côté, les elfes attendent que Phuddle ait fabriqué ses Tromptusses. Pendant ce temps, Mo et Yuko en profitent pour partir en repérage du côté de la vallée où paissent les licornes tandis que Mia va retrouver Lyria. D'habitude, la licorne est toujours prête à l'accompagner partout où elle va, mais cette fois, Mia craint qu'elle ne bouge pas tant qu'elle n'aura pas attrapé sa pomme !

Mia ne se trompe pas. Lyria en est toujours au même point. Jamais la jeune fille n'a vu une telle obstination ! Assise au pied de l'arbre, un peu contrariée, elle se relève d'un bond. Lyria vient de trouver une solution : elle a attrapé le fruit en l'embrochant sur sa corne !

– Waouh ! s'exclame la jeune fille, impressionnée. Quand tu veux quelque chose, tu n'abandonnes pas, toi ! dit-elle en enlevant le fruit de la

corne pour le tendre à son amie. Et tu
as raison, ajoute-t-elle en voyant la
licorne se régaler. Tu l'as méritée !

Mia lève la tête. Elle vient d'entendre quelqu'un crier son nom…
C'est Yuko, accompagnée de Mo, qui
vole à tire-d'aile.

– Dépêche-toi ! lance-t-elle à son
amie. On retourne au palais, il y a un
problème !

Peu après, Mia écoute Mo expliquer la situation aux souverains. Apparemment, Panthea revient à la charge en employant une nouvelle tactique...

– Les licornes sont ici, indique le prince en pointant son doigt sur la maquette de l'île. Au moins une douzaine. Et les Munculus sont là, ajoute-t-il en montrant un autre point. Ils arrivent de l'est par ce chemin. Ils sont à pied, cette fois, et avancent en se cachant sous les arbres... Nous avons failli ne pas les voir. Heureusement que Yuko avait les yeux grands ouverts !

Mia donne un petit coup de coude à son amie pour la féliciter.

– Mia pourrait aller les prévenir ! intervient la reine. Puisque les licornes

la comprennent et qu'elle comprend leur langage...

– Je suis là pour ça, approuve la jeune elfe en s'inclinant.

Yuko secoue la tête.

– Ça ne servirait à rien, elles sont coincées dans cette vallée. C'est un cul-de-sac !

– Quelle chance d'avoir le Tromp-tusse en notre possession ! se félicite le roi.

Il fait un grand geste vers l'endroit où se trouve l'instrument. Ou, plutôt, là où il devrait se trouver… car il n'y est plus !

C'est l'affolement général. Chacun cherche le Tromptusse, mais il faut bien se rendre à l'évidence : son écrin est vide !

C'est alors que la reine aperçoit un indice : des traces de pas. De minuscules traces de pas !

– Phuddle ! s'écrient tous les elfes d'une même voix.

– Tu ne l'as pas vu ? demande le roi à Mia.

– Pas depuis qu'il est parti fabriquer d'autres Tromptusses, avoue-t-elle.

Le roi prend son air grave des mauvais jours.

– Prince Mo, je veux que Yuko et toi retourniez dans la vallée pour surveiller les Munculus. Quant à toi, Mia, tu dois retrouver Phuddle au plus vite. Pour ces licornes, le temps passe dangereusement...

4

En pièces détachées !

Mia court à toutes jambes jusqu'à la maison de Phuddle. Une fois de plus, elle regrette beaucoup de ne pas avoir encore pris le temps de s'entraîner à voler. Après avoir grimpé quatre à quatre le petit escalier de pierre qui mène à la minuscule

caverne du faune, creusée dans la
falaise, elle l'appelle à plusieurs
reprises. Sans résultat.

– Phuddle ? tente-t-elle une nouvelle
fois en passant sa tête par l'ouverture.

Toujours aucune réponse. Du
regard, Mia balaye l'intérieur de la
pièce, quand elle entend des sanglots.

– Phuddle !

D'un bond, le petit faune se relève en cachant ses larmes.

– Ah, salut ! Je me suis fait mal au genou, mais je crois que ça va mieux ! Je retourne travailler !

– Mets ton travail de côté pour l'instant, lui conseille Mia. Je voudrais que tu me rapportes le Tromptusse qui était dans la salle du trône.

Phuddle se gratte l'oreille.

– Tu veux dire là, maintenant ?

– Oui !

– Et aussi tous ceux que j'ai fabriqués ? couine Phuddle.

– Oui ! C'est très important.

– Je ne sais pas si je vais pouvoir tous les porter, objecte le petit faune d'une voix faible.

– Je vais t'aider. Il y en a combien ?

– Euh, il faut que je les compte, improvise Phuddle. Il y en a...

Soudain, le petit faune baisse les bras. Tant pis, il avoue.

– Il y en a zéro !

Mia soupire.

– Bon, ce n'est pas grave, concède-t-elle. L'important est qu'il y en ait au moins un, l'original. Va le chercher !

Phuddle se dandine, de plus en plus embarrassé.

– Euh, il y a comme un problème avec celui-là aussi, marmonne-t-il entre ses dents.

Décidée à en avoir le cœur net, Mia se met à quatre pattes et entre dans la maison du faune. Elle pousse un cri d'horreur : le Tromptusse gît sur le sol en pièces détachées !

– Qu'est-ce qui s'est passé ? s'écrie-t-elle. Pourquoi est-il en morceaux ?

Phuddle éclate d'un rire nerveux.

– Je ne me souvenais plus trop comment je l'avais fabriqué, alors je l'ai démonté. Je ne pourrai jamais en refaire un autre ! gémit-il. Certaines pièces sont impossibles à copier ! Ça, c'est la première mauvaise nouvelle, ajoute-t-il à voix basse après un silence.

Mia repense à l'oracle : « D'un seul, il est devenu plusieurs. »

Ça ne voulait pas dire en plusieurs morceaux, elle en est certaine !

– Il faut absolument que tu le remontes, Phuddle ! conclut-elle.

– Je n'arrive pas à me rappeler comment il était monté, avoue Phuddle en baissant la tête. Ça, c'est l'autre mauvaise nouvelle...

– Tu as bien dû faire des esquisses, un plan, une notice, non ? proteste Mia.

Les yeux du faune se mettent à briller. Euréka !

– Oui, je me souviens ! Ma petite esquisse ! Je l'ai laissée dans mon arbre à pensées !

Attrapant Phuddle par le bras, Mia sort de la maison du faune, non sans se cogner la tête au plafond au passage. Une fois dans les bois, ils retrouvent Lyria et commencent à chercher tous ensemble. Malheureusement, le petit faune ne sait plus quel est son arbre à pensées…

– Regarde-les, ils se ressemblent quand même beaucoup, non ? s'écrie-t-il en désignant d'une patte découragée tous les pins parasols au feuillage rose qui les entourent.

– Comme tu as pu oublier une chose pareille ? gémit Mia.

– Je venais ici seulement quand je voulais penser. Donc, presque jamais ! Mais, ajoute le faune, la mine réjouie, je suis presque sûr que cet arbre était grand, en bois massif, et qu'il avait des feuilles !

Mia se laisse tomber sur les grosses racines apparentes d'un pin, le menton entre les mains. Elle est totalement découragée.

C'est alors que Phuddle prend un air rusé. Il a trouvé une solution, lui !

– J'ai un plan ! Je vais creuser un trou dans un arbre pour me cacher, et toi, tu ne diras à personne où je suis.

Mia lui lance un regard noir.

– Pas question. Il va falloir qu'on annonce au roi que le Tromptusse est en morceaux.

Le petit air rusé de Phuddle s'accentue.

– Qu'est-ce que tu veux dire par « on » ? Je ne vais rien lui dire du tout, moi. J'ai un trou à creuser !

Il n'a pas fait trois pas pour prendre la poudre d'escampette que Mia le rattrape par les deux oreilles, comme un lapin.

– Tu viens avec moi ! Est-ce que tu viens aussi, Lyria ?

À la grande surprise de Mia, Lyria secoue la tête en signe de négation. La jeune fille s'éloigne tristement. On dirait que Lyria ne l'aime plus autant !

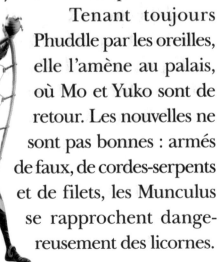

Tenant toujours Phuddle par les oreilles, elle l'amène au palais, où Mo et Yuko sont de retour. Les nouvelles ne sont pas bonnes : armés de faux, de cordes-serpents et de filets, les Munculus se rapprochent dangereusement des licornes.

Prenant son courage à deux mains, Mia annonce alors la mauvaise nouvelle.

– Le Tromptusse a disparu ? s'écrie le roi, incrédule.

– En fait, « disparu » n'est pas le mot exact, rectifie la jeune fille, embarrassée.

– C'est vrai, approuve Phuddle gaiement. Il n'a pas disparu du tout. Regardez, il est juste là ! indique-t-il avec un large sourire en montrant un petit sac qui produit un bruit métallique quand on le secoue.

Les souverains n'ont pas le temps de reprendre espoir : Phuddle sort un deuxième petit sac.

– Et puis il y en a un peu ici. Et aussi un peu là..., ajoute-t-il en montrant un troisième sac.

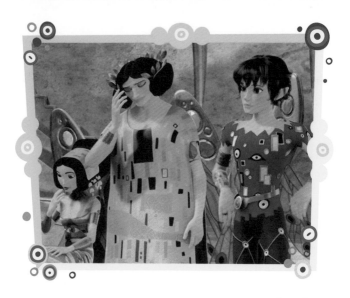

Le roi et la reine se prennent la tête entre les mains.

– Tout est perdu ! se lamente le souverain.

Mia partage cette triste conviction.

– Nous avons essayé de le réparer, mais c'est bien trop compliqué, reconnaît-elle en baissant la tête.

Quant à Phuddle, il a une dernière idée :

– Il ne me reste plus qu'à me transformer en caniche, si ça ne vous dérange pas.

En revanche, Mo et Yuko ne s'avouent pas vaincus. Ils n'ont pas l'intention de rester là à battre des ailes sans rien faire. Ils défendront les licornes, quitte à y laisser leur vie !

– Non ! proteste Mia, inquiète pour ses amis, qui s'envolent déjà. Vous devez les en empêcher ! crie-t-elle au roi.

Mais les souverains la dévisagent avec une certaine froideur.

– Il y en a qui abandonnent à la moindre difficulté, commence la reine. Et il y en a d'autres, comme Mo et Yuko, qui, habités par l'espoir, ne renoncent jamais.

– Grâce à qui, selon toi, le monde
ne s'écroule pas comme un château
de cartes ? renchérit le roi d'un air
sévère.

Mia baisse la tête, les larmes aux
yeux.

5

L'esquisse

Ravalant son désespoir, Mia réfléchit. Elle se récite de nouveau l'oracle : « D'un seul, il est devenu plusieurs. Achève ta tâche sans compter les heures. » Les souverains ont raison : on doit persévérer pour réussir... comme Lyria avec sa pomme !

– Il faut qu'on examine de nouveau les pièces du Tromptusse ! décide-t-elle en se tournant vers Phuddle.

Mais... plus de faune. Son ami s'est déjà sauvé ! Mia le retrouve aux portes du palais.

– Phuddle, attends-moi !

Mais ce dernier court aussi vite que le lui permettent ses petites pattes. S'il le pouvait, il rentrerait tout de suite dans un trou de faune ou, encore mieux, de souris !

Mia ne l'entend pas de cette oreille. Elle le rattrape et lui barre le chemin.

– Pour tout te dire, je préférerais n'avoir jamais inventé le Tromptusse ! lui avoue-t-il.

– On ne peut pas abandonner maintenant, proteste énergiquement Mia. Yuko et Mo ont besoin de nous !

Il faut remonter le Tromptusse, même sans notice, sans plan ni esquisse.

Phuddle baisse la tête.

– On n'y arrivera jamais, c'est trop difficile !

Touchée par la souffrance du petit faune, Mia s'accroupit à sa hauteur.

– Phuddle, dis-moi combien de temps ça t'a pris pour le fabriquer.

– Des années !

– Et tu n'as jamais laissé tomber, n'est-ce pas ? Tu as persévéré et persévéré, jusqu'à ce qu'il soit parfait ! Regarde le résultat : tu as sauvé Centopia. Ce matin, il y a même eu une parade en l'honneur de cet instrument que tu as fabriqué.

Un sourire éblouissant éclaire le visage du petit faune.

– Ça, c'était vraiment trop cool...

– Eh bien, maintenant, poursuit Mia, toutes les licornes ont besoin que nous continuions à chercher la solution pour le remonter...

Phuddle lève les bras dans un geste d'impuissance.

– Mais comment ? On peut assembler toutes ces pièces, mais sans mon esquisse, nous n'obtiendrons pas le Tromptusse. Nous obtiendrons... un grand n'importe quoi.

Les deux amis se retournent en entendant des murmures d'admiration derrière eux. Lyria est là ! La licorne est entourée d'elfes émerveillés par sa beauté. Ils n'ont pas souvent l'occasion d'observer une licorne de près, tant elles sont craintives ! Et ils se demandent quel est ce mystérieux parchemin qu'elle tient entre ses dents...

Mia et Phuddle, eux, ont compris immédiatement : c'est l'esquisse !

La licorne la dépose délicatement aux pieds de Phuddle, qui se dépêche de la ramasser.

– Mon esquisse chérie ! s'écrie le petit faune en la serrant contre son cœur.

– Tu l'as retrouvée ! se réjouit Mia en se jetant au cou de la licorne.

Voilà donc pourquoi son amie avait refusé de l'accompagner ! Et Mia qui doutait de son amitié...

En guise de réponse, Lyria souffle par les naseaux.

– Elle dit qu'elle n'abandonne jamais ! traduit Mia avec fierté.

Vite, les deux amis retournent à la maison de Phuddle. Une fois sur place, ils étalent les pièces du Tromptusse sur le parchemin. Mia considère celui-ci longuement. Il est couvert d'inscriptions, de croquis, de signes cabalistiques et de graffitis...

– Ça semble très confus, remarque-t-elle, un peu désappointée.

– C'est un instrument de musique très complexe ! rétorque Phuddle,

65

presque vexé. Est-ce que tu sais combien de brouillons j'ai faits, avant ce dessin ?

Mia donne sa langue au chat.

– Aucun ! répond le faune. Si j'avais fait des brouillons, peut-être que cette esquisse aurait un sens…

Mia soupire. Elle a parfois un peu de mal à suivre la logique très spéciale du petit faune.

– Reprenons depuis le début. Qu'est-ce que ça représente ? demande-t-elle en pointant du doigt un graffiti en forme d'écureuil.

– C'est un gribouillis d'écureuil. J'aime bien gribouiller quand je dessine. J'aime bien aussi les écureuils, précise-t-il avec un grand sourire.

– D'accord, admet Mia en gardant héroïquement son calme.

La pauvre elfe a comme l'impression que ce parchemin ne leur sera d'aucune aide.

– Ça ne peut pas être si compliqué ! décide-t-elle brusquement en essayant d'emboîter deux pièces l'une dans l'autre.

Phuddle les lui retire aussitôt des mains.

– Laisse faire le maître ! s'indigne-t-il. La parade n'était pas pour toi, il me semble !

Mia le regarde travailler sans rien dire. Mais, pas plus qu'elle, le faune ne parvient à emboîter les deux pièces.

– Je t'avais bien dit que c'était impossible ! s'énerve finalement le petit faune. Pourquoi tu ne m'écoutes jamais ?

Mia ne répond pas. Découragée, elle contemple les différents éléments quand, soudain, elle remarque quelque chose...

– Attends une seconde ! s'écrie-t-elle. Cette pièce ressemble à celle-ci... et on dirait que cette partie va... juste là !

Phuddle se redresse, un sourire jusqu'aux oreilles.

– Ça y est ! Ça prend forme ! Ça, ça doit aller là, continue Mia, et ceci... On dirait que ça se visse avec cet élément...

Bientôt, on n'entend plus aucune dispute. Juste de brefs échanges entre les deux amis, absorbés par leur travail...

6

Les elfes se rebellent

Hélas, le temps presse ! Commandée par Gargona, l'armée des Munculus n'est plus qu'à quelques dizaines de mètres de la clairière où broutent les licornes. Armés simplement de leurs aquarayons, Yuko et Mo discutent à voix basse, cachés derrière un arbre.

Les deux guerriers ne sont pas tout à fait d'accord sur la stratégie à adopter.

– Il faut qu'on prévienne les licornes ! affirme Yuko.

– Non ! Tu risques de les effrayer ! Et elles iraient se jeter dans les pattes des Munculus... Notre seul espoir est de prendre ces derniers par surprise.

– Donc, tu crois qu'il y a de l'espoir ?

– Pas vraiment. Chut, les voilà !

Entourée de ses Munculus, Gargona vient d'apparaître entre les branches du sous-bois. Plus que quelques mètres et ils seront dans la clairière... Les deux elfes observent leur progression, le ventre noué. L'armée de monstres avance en prenant garde de ne pas marcher sur les feuilles sèches, leurs armes pointées sur les licornes, qui ne les ont ni vus ni entendus.

– Allez, Mo, on y va maintenant ! le presse Yuko.

– Attendons qu'ils soient à découvert, tempère le prince.

Soudain, il se décide. Il se retourne vers le petit groupe d'elfes venus en renfort, tapis derrière eux à quelques mètres, et leur fait signe.

– Vous êtes prêts, les elfes ? À mon signal...

Les Munculus sont en train de sortir du sous-bois. Un instant plus tard, ils parviennent dans la clairière où s'ébrouent les licornes, toujours inconscientes du danger.

Au grand soulagement de Yuko, dont les ailes frémissent d'impatience, Mo commence le compte à rebours.

– Trois... deux... un : allons-y !

À son signal, tous les elfes décollent dans les airs comme des fusées. Ils montent très haut dans le ciel, avant de redescendre en piqué sur les Munculus.

Levant la tête, Gargona les aperçoit et pousse un cri de rage.

– Est-ce que je pourrais avoir ne serait-ce qu'une journée, une seule journée qui ne soit pas ruinée par les elfes ? glapit l'assistante de Panthea.

Mais, déjà, les Munculus décochent sur les licornes leurs cordes-serpents. Les pauvres créatures s'enfuient dans tous les sens en poussant des hennissements désespérés. L'une d'entre elles roule par terre, les jambes liées, puis une seconde. Les cordes-serpents sifflent dans l'air, droit sur leurs cibles, ne laissant aucune chance aux licornes.

Heureusement, le triomphe des Munculus est de courte durée. Bien qu'ils soient en nombre inférieur, les elfes contre-attaquent avec une efficacité redoutable. Et *pschitt !* Appuyant

sur les aquarayons qu'ils portent au poignet, ils font mouche à chaque tir. Allergiques à l'eau, les Munculus deviennent si petits que les elfes pourraient les écraser sous leurs pieds, s'ils le voulaient ! Tels des cloportes, ils s'empressent de disparaître sous les feuillages. Hélas, ils sont encore nombreux, très nombreux...

C'est alors que l'un d'eux réussit à frapper le poignet de Mo avec le manche de sa faux pour neutraliser son aquarayon. Le temps que le jeune guerrier se reprenne, une demi-douzaine de Munculus sont sur lui. Aussitôt, d'autres en profitent pour attaquer Yuko par-derrière. Les elfes viennent à sa rescousse, mais bientôt ils se retrouvent tous par terre, les uns sur les autres, les mains liées par les cordes-serpents. Brandissant leurs faux, les Munculus s'approchent d'eux avec une expression qui ne présage rien de bon...

– Non ! hurle Yuko.

Au cri de son amie, Mo vole à tire-d'aile sur les Munculus. Un terrible corps-à-corps commence. Hélas,

malgré ses efforts, Mo finit plaqué à terre, impuissant.

Le jeune prince jette un regard éperdu autour de lui. Tous les elfes sont prisonniers ! Il fallait s'y attendre, leur attaque était vouée à l'échec. Les Munculus sont trop nombreux !

Un rire sardonique éclate. C'est Gargona qui triomphe...

– Finalement, cette journée n'aura pas été si mauvaise que ça ! se félicite l'assistante de Panthea.

Mais voilà que son rire se transforme en grimace alors qu'un son horrible retentit. Un son qui lui déchire les tympans et lui brouille la vue. Elle le reconnaît ! Ce son est produit par cette arme diabolique : le Tromptusse !

Incrédules, les elfes voient alors arriver Mia et Phuddle au galop sur le

dos de Lyria. La jeune fille souffle aussi fort qu'elle le peut dans le Tromptusse, repoussant les Munculus, qui battent en retraite sans demander leur reste.

– Attrape ! crie Mia à Mo en lui lançant l'instrument.

Les yeux brillants d'excitation, le prince s'en empare, le porte à sa bouche et souffle dedans. Un à un, les Munculus explosent en un feu d'artifice de fleurs.

– Ce truc marche vraiment ! s'extasie Mo.

Mais Gargona n'a pas encore abandonné. Du moins, pas tout à fait...

– Bouchez-vous les oreilles ! Pas question de se replier, ordonne-t-elle à ses troupes avant de se raviser, quelques instants plus tard. Repliez-vous !

Dès que les Munculus sont partis, les cordes-serpents se dénouent d'elles-mêmes autour des jarrets des licornes et des poignets des elfes. Heureux d'avoir réussi leur mission, ceux-ci se tapent dans les mains tandis que les licornes hennissent de joie et de reconnaissance. Dans un élan irrépressible, Yuko se jette au cou de Mo,

qui rougit jusqu'au bout de ses oreilles pointues...

Mia, émue, regarde la scène à distance, en compagnie de Phuddle et de Lyria.

– Ce serait vraiment chouette d'avoir plusieurs Tromptusses, tu ne crois pas ? lui lance le petit faune, tout guilleret. Je te parie qu'en le démontant encore une fois, je pourrai comprendre comment le refaire !

– Non, un seul suffira, répond Mia avec un sourire un peu forcé. Merci beaucoup, Phuddle !

C'est à ce moment précis que son bracelet se met à clignoter...

7

Ne jamais abandonner !

– Il faut le réparer ! déclare Phuddle en sautillant pour essayer d'atteindre le bracelet de Mia.

Mais celle-ci lève son bras pour l'en empêcher. Le petit faune a beau être un génie du bricolage, c'est le genre de génie capable du meilleur comme du pire...

– Pas la peine ! le rassure-t-elle. Je suis certaine que c'est juste un petit problème de connexion.

– Les problèmes de connexion, c'est ma spécialité ! insiste Phuddle en sautillant de plus belle. Dès que je touche quelque chose, il y a des problèmes de connexion !

– Attendons quelques secondes,

suggère Mia. Ça va peut-être s'auto-réparer.

Phuddle prend un petit air supérieur.

– Les choses ne se réparent jamais toutes seules. Il faut le savoir-faire d'un maître !

Mais le bracelet continue à clignoter et, cette fois, Mia en est sûre : elle doit retourner au pensionnat, même si elle n'en a guère envie... surtout avec le contrôle de maths qui l'attend !

– À bientôt, Phuddle ! lance-t-elle. Tu diras au revoir à Yuko et à Mo pour moi...

Et *pouf !* Elle disparaît... pour réapparaître, l'instant d'après, dans la maison du jardinier. La jeune fille est de retour devant le bureau de Vincent, de nouveau vêtue de son uniforme

d'écolière, son livre de Centopia grand ouvert devant elle.

Elle baisse les yeux sur l'oracle, qui, tout à coup, cesse de briller, puis elle tourne la page. Une nouvelle illustration vient d'apparaître ! Mia se reconnaît sous son identité d'elfe, en train de remonter les différentes pièces du Tromptusse avec Phuddle...

Quel livre incroyable ! songe la jeune fille. *Il sait ce qui s'est passé à Centopia, comme s'il était vivant ! Mais qui dessine, au juste ?* se demande-t-elle. Est-ce son père, puisque c'est lui qui a créé cette histoire ? Mais il a disparu, tout comme sa mère ! Tout ceci dépasse l'entendement...

Pensive, Mia referme son livre, le range dans son sac, puis sort de la maison du jardinier, à la recherche de Vincent. Elle le trouve assis derrière la bâtisse, contre le mur de pierre.

– Je suis de retour ! lui lance-t-elle.

– De retour ? répète Vincent, sans comprendre.

Il a laissé Mia seule il y a moins d'une minute !

– Je veux dire que j'ai fini, s'empresse de rectifier la jeune fille.

Elle s'assoit à côté de Vincent, qui la regarde d'un air perplexe.

– Qu'est-ce que tu as fait toute seule pendant ces quelques instants ?

– Je suis désolée de t'avoir mis à la porte de chez toi, s'excuse Mia en éludant la question.

– Est-ce que tu vas faire ça à chaque fois ?

Le visage de Mia s'illumine.

– Ça veut dire que tu n'es pas fâché et que je pourrai revenir ?

Le collégien dévisage sa camarade en souriant.

– Aussi souvent que tu le voudras ! Tant que tu ne ranges pas mon bazar...

Mia sourit aussi, reconnaissante. Cette maison secrète est une aubaine pour ses petites escapades à Centopia, mais il est vrai aussi qu'elle aime bien cet endroit... et ce garçon.

– Je pourrai venir étudier, genre les maths ? demande-t-elle.

– J'avais cru comprendre que tu sécherais le contrôle !

Mia sourit en pensant à Lyria et à sa pomme.

– Disons qu'il vaut mieux persévérer qu'abandonner, non ? D'ailleurs, tu n'aurais pas envie d'étudier ?

89

Je vais sûrement avoir besoin de ton aide...

Vincent hoche la tête.

– D'accord ! dit-il en se levant et en se dirigeant vers la porte. Entrez dans mon royaume, mademoiselle !

– Ton royaume, lui, aurait besoin de décoration ! remarque Mia. Je crois que je vais y accrocher des rideaux,

mettre un désodorisant et ajouter quelques plantes vertes !

– N'abuse pas trop de ma bonté, quand même ! répond le collégien en riant.

Mia rit aussi tandis qu'elle suit Vincent dans son royaume, qui sera également un peu le sien, désormais. Un royaume qui ne vaut certes pas celui de Centopia, mais qui a ses bons côtés aussi...

Fin

Retrouve très bientôt
Mia et ses amis
dans une nouvelle aventure
en Bibliothèque Rose !

As-tu lu les premières histoires de Mia ?

Table

PAPIER À BASE DE
FIBRES CERTIFIÉES

[H] hachette s'engage pour
l'environnement en réduisant
l'empreinte carbone de ses livres.
Celle de cet exemplaire est de :
300 g éq. CO$_2$
Rendez-vous sur
www.hachette-durable.fr

Photogravure Nord Compo - Villeneuve-d'Ascq

Imprimé en Espagne par CAYFOSA
Dépôt légal : novembre 2014
Achevé d'imprimer : octobre 2014
66.1116.3/01 – ISBN 978-2-01-400274-4
Loi n° 49956 du 16 juillet 1949
sur les publications destinées à la jeunesse